I0686458

VENTAIRE

e15802

20 Centimes.      1re série.

# LE

# MONDE POLITIQUE

## EN DÉSHABILLÉ

PAR

## Victor BONHOMMET

ANGERS

IMPRIMERIE DU COMMERCE, L. HUDON

rue Bodinier, 25

—

1874

# LE
# MONDE POLITIQUE
## EN DÉSHABILLÉ

### PAR

### VICTOR BONHOMMET

DÉPÔT LÉGAL
MAINE et LOIRE
N° 4f2.
1874.

❧✿❧

## ANGERS

IMPRIMERIE DU COMMERCE, L. HUDON

rue Bodinier, 25

—

**1874**

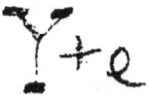

15802

# AU LECTEUR

En face de la dissolution littéraire, l'esprit moderne peut-il engendrer un nouveau cycle poétique? — « Oui, répond l'illustre auteur de la Justice dans la Révolution et dans l'Église; oui, mais à condition que le poète ne suivra point les Lamartine, les Soumet, les Vigny, les Laprade, chantres de l'autre monde qui rêvent la chute des anges, le réveil de Psyché, le rachat de l'enfer, œuvres qu'une société de convention admire en bâillant, et qui s'enterrent à l'Académie. » Ainsi, selon le plus grand logicien du siècle, la théologie, le monde transcendental ne peuvent plus être chantés; le poète, s'il veut intéresser, doit dégager de la cause de la religion la cause du droit, et élever l'éthique et l'esthétique sur un principe pur de tout mysticisme; il doit substituer aux mythes, aux légendes, aux visions, aux ténèbres, le positivisme de la science et la réalité complexe de la vie; il doit substituer à la théosophie de l'ancien régime, à la morbidesse de la poésie catholique et féodale, la vigueur et la jeunesse de la Révolution, une poésie franchement nationale, réaliste et humanitaire.

Il y a là un enseignement vaste et fécond. Profitera-t-il aux poètes de l'avenir ? J'aime à le croire et je m'en réjouis ; je m'en réjouis en composant, d'après cette poétique, quelques bluettes que j'offre ici au lecteur, et qui, j'en suis convaincu, feraient un long chemin si elles étaient animées par un souffle plus puissant que le mien.

# A LA MULTITUDE

O fille du labeur, Multitude, ô ma mère !
Salut ! je te salue, ô toi, la géante ouvrière,
Qui, pâle et demi-nue, et la sueur au front,
Tisse, fouille le sol, sème, construit et fond,
Pour changer en splendeurs, en frais Eden, en Louvres !
Un globe ingrat pour toi sous l'or dont tu le couvres !
Honneur à toi ! qui viens, sous l'éternel fardeau,
En jetant un peu d'orge à ta faim et de l'eau,
Faire sourdre sans cesse, et pour les autres lèvres,
L'abondance et les mets exquis, dont tu te sèvres !
A toi, qui, comme Aoste, errant sur son rocher,
Cultives d'ici-bas les fleurs sans les toucher !
Je te salue enfin, toi, la grande oubliée,
Sur ton gibet d'angoisse où les rois t'ont liée !
Car, si comme le Christ, au monde en gémissant,
Tu donnes sur ta croix le plus pur de ton sang,
Comme le Christ encor tu viens sauver ce monde
Du vieux virus qui coule en sa veine profonde

Où sont les arrogants qui, fiers esprits obtus,
De cette bien-aimée et mère de Jésus,
De cette Patiente au limbe de misère,
Ont fait la reprouvée et leur bouc émissaire ?

Ils n'ont donc pas compris ces crieurs de *raca* !
À la prunelle jaune, au cerveau... délicat,
Que cette Multitude attachée à des claies
Est bien au-dessus d'eux, et, qu'avecque ses plaies,
Elle est leur Providence au bord de leur chemin,
Et le second sauveur du pauvre genre humain !
Quand un Machiavel au fond de son arcane,
Entre deux picotins, perd l'esprit comme l'âne ;
Quand un monde amphibie aux casques de brouillards
Tremble et flotte en tous sens avec des yeux hagards ;
Quand des fils de Danton la sagesse ventrue
Et sur son retour d'âge, aux rois se prostitue ;
Quand elle brûle aux pieds d'un long jésuite impur
Les dieux de sa jeunesse et de son âge mûr ;
Quand quelque Jourdain lourd, jouant les Grandissimes,
Croit dorer sa roture en la traînant aux cîmes,
Elle, la Multitude aux flancs bruns, aux bras nus,
Qui, pour enfants, hélas ! a les premiers venus,
Pareille au sel commun qui, de la pourriture,
Préserve toute chair au sein de la nature,
Devient l'agent actif, divin, universel,
Qui fait de l'âme humaine un génie immortel !
Elle te vivifie et te préserve, ô France !
De la corruption et de la décadence !
Quand tout se fait petit, quand l'honneur est absent,
Quand s'éloignant du cœur jusqu'au ventre il descend,
Cette âpre Multitude, humble et déguenillée,
Elle la mère obscure et pourtant étoilée,

De l'An quatre-vingt-douze arbcre le drapeau,
S'enveloppe en ses plis et le tient ferme et haut;
Et, sous ce drapeau saint que, jadis, dans sa gloire,
Elle a porte cent fois aux sommets de l'histoire,
Elle crie à tous ceux qui, n'ayant rien au cœur,
Sont comme un tronc pourri sans sève et sans vigueur :
J'ai fait de ce drapeau le blanc avec mon âme,
Son bleu vient de mes yeux et sa couleur de flamme
Est faite avec mon sang. J'ai grandi dans son pli.
Eh bien ! ici je jure à ceux qui l'ont sali,
A tous ceux qui pour lui n'ont que des regards sombres,
Et dussé-je le suivre au noir séjour des ombres,
Que je le défendrai des aigles avilis,
De tous les coqs félons et du poison des lys !
Quand certain riche, aux champs, sur sa motte de terre,
S'obstine à patauger toujours en même ornière,
En criant comme un coq sur le fumier pourri :
— « Pour bien vivre en ces lieux, point n'ai besoin d'esprit !
» Fi ! de la politique et des lois, ses compagnes,
» Tout ça n'est point utile à nos grasses campagnes ! »
Quand ce fermier sans foi pense à ne penser rien,
Borne son Univers, à son bœuf, à son chien,
Se crève un œil et prend le bâton de l'infirme,
Elle, la Multitude, avec ardeur affirme
Que l'œil est fait pour voir et les pieds pour marcher,
Et que la politique apprend l'art d'arracher
Le parasite humain et les mauvaises herbes
Qui vivent sur nos champs et dévorent nos gerbes !

Quand certain *Epicuri de grege porcus*
De son gosier païen tire des *oremus ;*
Quand le dol fourbe, infâme et honni sur la terre,
D'un Lorenzaccio se met le masque austère,
Et cache sous la croix ses viles passions,
Comme l'insecte impur cache ses aiguillons ;
Quand, criant au miracle, ayant au poing un cierge,
Il dit : j'ai vu l'enfant d'un thaumaturge vierge !
Quand ce Judas béni compte combien d'écus
Lui vaudront les baisers qu'il te donne, ô Jésus !
La Multitude qui, malgré sa grande taille,
Couche en des nids étroits sans feu, sans sou ni maille,
A dans sa misére, elle, un regard pur et clair,
Un cœur ouvert toujours et nu comme sa chair !
Comme un dieu de l'Olympe, en regardant en face,
Elle parle sans fard, sans masque et sans grimace !
Son esprit leste et cru nomme des chats, des chats,
Et David devant l'arche, un danseur d'entrechats !
A ceux pour qui l'enfer est un horrible gouffre,
Où le mortel meurt point, où sans cesse l'homme souffre,
Où des anges cornus, noirs, ont l'éternel soin
De brûler sans brûler, ce qui ne brûle point,
Elle dit : — « Votre enfer est comme la comète,
» Spectre de feu des nuits, qu'autrefois le prophète
» Nous montrait en criant : Malheur ! trois fois malheur !
» L'ignorant qui la voit se signe avec terreur !
» Mais le savant qui n'est, lui, point de l'humble église,
» Suit le spectre dans l'air, l'embrasse et l'analyse,

» Et prouve que ce corps monstrueux qui fait peur
» N'est que des bulles d'eau, des gouttes de vapeur!

. . . . . . . . . . . . . .

» Imitant la science, ainsi qu'elle je cherche,
» Pour voir Dieu de plus près, une échelle et m'y perche!
» Comme Pierre l'apôtre et le pêcheur je dis
» A Caïphe superbe et sous un dais assis :
» Je n'écoute, ô grand prêtre! ici-bas que Dieu même!
» Pour moi la raison pure est la raison suprême
» Que lui-même édicta pour tout le genre humain,
» Et qui vivait hier, et qui vivra demain! »

. . . . . . . . . . . . . .

C'est ainsi que s'exprime en plein vent, sans mystère
Et sans baisser les yeux, la Multitude austère,
C'est ainsi qu'elle va sans pastoral bâton,
Sans béquille à miracle et sans verge d'Aaron,
Sans les souliers sacrés que l'on adore à Rome,
Vers la montagne sainte où le Vrai se fait homme!


Quand les froids ossements des rois Capétiens
Redemandent la vie aux souffles plébéiens;
Quand le vieux droit divin, gémissant d'une entorse,
Met à nos libertés des chemises de force
Et songe à marier le Père *Syllabus*,
Les préjugés poussifs et les goutteux abus
A la France qui rit de ce sacré cortége;
Quand ces nobles vieillards, aux fronts couverts de neige,

Avec Henry monté sur son palefroi blanc,
Viennent fourbus, perclus et le menton branlant,
Offrir à la Patrie et pour cadeau de noce
La lance de de Mun, d'un jésuite la crosse,
Une châsse où grimace un crâne en proie aux vers,
Puis leurs vieux corps chargés de quinze cents hivers !
Tandis que la noblesse et l'Eglise souffrantes
A tâtons au soleil, sous les saules errantes,
Pleurent le trône, hélas ! qu'elles avaient jadis
Comme Pollux-Castor dans tous les paradis !
Pendant que ces deux sœurs vont, la face ridée,
En tournant les talons à l'astre de Chaldée,
Vers la lune accroupie au château de Chambord
Où depuis quarante ans elle se rouille et dort,
Elle, la Multitude, en regardant l'aurore,
Marche vers la clarté qui se lève et la dore !
Au lieu de demander à l'astre qui s'éteint
Les rayons de la vie et les feux du matin ;
Au lieu de façonner dans une vieille tête
Qui même oiseau toujours, toujours fait même bête,
Le droit que les humains nouveaux veulent nouveau ;
Au lieu de faire naître au fond d'un seul cerveau
Les lois qui pour sourire et plaire à tous les mondes
Doivent selon les temps, être brunes ou blondes,
La Multitude à tous demande des bontés,
Des clartés, du savoir, des vertus, des beautés,
Puis avec tous ses dons elle fait sa déesse,
Qui, de tous est la fille, et que chacun caresse !

Elle en fait la loi sainte au regard tout-puissant,
Qu'on aime d'autant plus qu'on s'aime en son enfant !
C'est ainsi qu'ici-bas naît, sans cris, d'elle-même,
Du peuple tout entier la volonté suprème ;
C'est ainsi que dans l'Urne où s'entassent ses vœux,
Elle fait la sagesse aux millions de yeux ;
C'est en fondant ainsi tous ses millions d'âmes
En un seul faisceau, qu'avec toutes ces flammes
Elle fait à la France un soleil éclatant !
Fière et sublime alors, comme le Tout-Puissant,
lle dit, suspendant cette immense planète :
« Que la lumiére soit ! » Et la lumière est faite !


O Multitude ardente, aux larges flancs hâlés,
Aux pieds poudreux toujours, aux yeux de pleurs voilés,
Je t'admire en mon coin, où, souvent je regrette
D'être de tes vertus un si piètre interprète !
Je regrette surtout, moi qui sais ta valeur,
De voir si peu d'esprits fouiller dans ton grand cœur !
Pourtant en se plaignant, ma muse, vierge folle,
S'attache à quelque espoir et vite se console ;
Je songe que tous ceux qui s'éloignent de toi,
Oubliant que tes flancs portent un Peuple-roi,
Viendront, demain peut-être, et la tête inclinée,
Faire à ta Majesté, de travail couronnée,
Des éloges pompeux et mille fois meilleurs
Que ces vers que je t'offre en attendant les leurs !

Quoi qu'il en soit, ô fière et libre Multitude !
Crois, que ta jeune gloire encore informe et rude,
Est appelée à croître et voir d'un plus beau jour!
Vois, pour toi cette terre a déjà plus d'amour !
Elle pressent dans toi la douce fiancée
De l'Avenir géant, dont la marche forcée,
Le jettera, demain peut-être, entre tes bras !
Déjà tes ennemis te parlent chapeau bas !
Va donc calme et debout, la tête en la lumière,
Toi qu'un nouveau Messie appela la première
A la rédemption ! va vers le mont sacré
Où le monde par toi sera régénéré !
Ayant dans ton grand front sillonné de désastres
Et noir comme la nuit, mais comme elle plein d'astres,
Les obscures vertus, les saintes passions,
Tous les amours naïfs, tous les divins rayons ;
Ayant de l'âge ardent les deux ailes sublimes
Qui portent tout d'un coup les nations aux cîmes,
Et de l'âge plus mûr la sagesse aux vieux ans
Qui, calme, pour fonder, attend l'ordre du temps ;
Ayant dans ta mamelle émue et généreuse,
Le lait pur de la vie, à la France fiévreuse,
A la France épuisée et veuve du bonheur,
Toi seule tu peux rendre en lui donnant ton cœur,
La jeunesse au sang riche, une vigueur nouvelle,
Puis en faire ici-bas la Déesse immortelle !

# L'EMPIRE

Te souviens-tu du jour, France, où tes voix sublimes,
    Aux rois disaient : « Il est trop tard! »
Quand ces rois détrônés, pour remonter aux cîmes,
    Te suppliaient, d'un front blafard?
Ces mots, ce souffle froid, faisaient choir la couronne
    Comme une feuille morte, au bois ;
Trois fois ils sont sortis de ta bouche, et le trône
    Sous ce souffle est tombé trois fois!
N'as-tu point oublié la couche où les Procustes
    Te métamorphosaient en nain,
Et d'où te redressant en des luttes augustes,
    Tu sortis Peuple souverain!

Ah! comme on t'admirait, alors, dans la tempête,
    Jetant sous les éclairs d'acier,
Tous tes princes au vent et couronnant ta tête
    Des trois soleils de *Février!*
On te voyait grandir au sein de la rafale
    Où battait ton cœur élargi,
Ayant pour amoureux, à tes pieds, comme Omphale,
    Le Peuple, Alcide qui rugit!
Buvant l'air libre et pur, on voyait ton génie
    Renaître et croître sur ton front,

Et, par une aile immense, et rapide, et hardie,
    Remplacer son vil aileron !
De victoires drapée et la face sereine,
    Tu baisais le front des petits,
Et tu disais aux grands : Aimez-les, plus de haine!
    Ainsi que vous ils sont mes fils!
Puis, achevant enfin ta sublime épopée
    Sur l'enclume du Peuple-roi,
Tu transformais le fer de ta civique épée
    En burin pour graver la loi !
Et de cette arme auguste, en astre convertie,
    Tu faisais jaillir des éclairs,
Qui répandaient l'amour, l'idéal et la vie
    Jusqu'aux confins de l'univers!
La voix de ton enclume, ainsi que la trompette
    Du grand et dernier jugement,
Portait aux peuples morts, dans leur tombe muette,
    Un long et saint frémissement !
L'Italie, à ce bruit, se dressait consolée
    Dans ses cryptes avec fracas!
La Hongrie et sa sœur, la fière mutilée,
    Retrouvaient leurs cœurs et leurs bras!
Du Sud à l'Aquilon toutes les tribus mortes,
    Jetaient leurs suaires aux vents,
Et de leur cimetière elles ouvraient les portes,
    Et couraient parmi les vivants!
Comme la plante cherche un soleil pour éclore,
    L'esprit en travail te cherchait!

Au monde tu disais : Marche! voici l'aurore!
    Et le monde à ta voix marchait!
Dans un geste sacré que reflétaient les nues,
    Tu jetais par-dessus les monts,
La lumière à poignée, et les foules émues
    Venaient la boire à pleins poumons.
Tous venaient recueillir en leurs fronts ta pensée,
    Qui tombait en langues de feu,
Et l'âme que ta main avait ensemencée,
    Sentait en elle naître un Dieu!

O France! on vit alors dix peuples, ô prodige!
    Bénir ton esprit et ton cœur,
Saluer humblement ton radieux quadrige
    Et te proclamer rédempteur!
Ce jour-là tu passais, France, de cent coudées
    L'antique colosse romain;
Seul, son torse était grand; tu portais les idées,
    Toi, sur un buste surhumain!
Et tu nous apparus haute comme l'étoile,
    Et vaste comme un genre humain!
Et l'on crut voir en toi le Créateur sans voile,
    Portant deux mondes dans sa main!

C'est alors qu'émargea sur ton échine ailée
    Un nain, ayant moustache en croc,
Et qui, se cramponnant à ta robe étoilée,
    Lui fit, ô France! un large accroc!

C'était le germe Empire, une larves de trône
    Qui grimpait le long de ton dos,
Pour en faire à son crime une haute colonne,
    Afin d'esquiver les cachots!
Comme un larron rusé, blotti dans ta victoire,
    Sans bruit et pendant ton sommeil,
Afin de la corrompre il entra dans ta gloire,
    Comme un ver dans le fruit vermeil!
Du conquérant fameux qui dort aux Invalides,
    Il pilla le porte-manteau,
Et sous l'habit d'Essling, d'Eylau, des Pyramides,
    Il cacha son large couteau;
Puis, ce héros futur du trottoir Tiquetonne,
    Monta sur ton front radieux;
Là, pour voler ton âme et surtout ta couronne,
    O France, il te creva les yeux!
Puis, l'écume à la lèvre, ivre comme un Hérule,
    En se traînant le long des murs,
Il alla violer sur leur chaise curule
    Les lois, tes filles aux fronts purs!...


Le nuit se fit soudain au foyer de ta vie,
    Des pleurs de sang baignaient ton sein;
Et l'on vit sur ta face hâve, éteinte et meurtrie,
    Ricaner ton vil assassin!
Couvrant alors son crime avec ton diadème,
    Et taillant sa pourpre en ton flanc,

Il prit ton siége et dit : La France, c'est moi-même!
    Voyez! elle m'a donné son sang!
Sous tous ces maux courbant ton immense stature,
    Noyée en ta robe de deuil,
Tu suivais, tous les jours, au champ de sépulture
    De tes fils un nouveau cercueil!
Et, fière aveugle en proie à ton angoisse amère,
    Tu dissimulais ta douleur
En buvant dans ta nuit, hélas! tes pleurs de mère!...

. . . . . . . . . . . . . . . . .

    Lui, trouva belle ta pâleur!
Après t'avoir traquée ainsi que bête fauve,
    Et mis des manilles aux bras,
Il t'épousa dans l'antre obscur de son alcôve,
    En t'embrassant comme Judas!
Puis, ayant fait chanter aux tours de Notre-Dame
    Les liens d'or qu'il te donna,
Et son crime empereur, et son épithalame,
    A ses forfaits il t'enchaîna!
Comme le grand seigneur, l'odieux Moscovite,
    Qui, plein d'un superbe mépris,
Attelle avec sa mule, et pour courir plus vite,
    La jeune femme à ses droschkis,
O France! pour hâter sa course aux aventures
    Il te fit, lui, traîner son char,
En criant sous le fouet qui mordait tes blessures :
    « Sois fière, tu portes César ! »

Puis caressant son poil, comme un aigle en son aire,
    Comptant tous ses troupeaux épais,
Il dit : — « Ne craignez rien, je n'ai point de tonnerre;
    » L'Empire, ô moutons ! c'est la paix !
» Venez sous ma houlette : elle est douce et fleurie ;
    » Venez paître sous mes soleils !
» Et laissez-moi planer dans votre bergerie ;
    » Je veillerai sur vos sommeils ! »
A ces mots onctueux mille tribus rustiques,
    Ayant pour l'Aigle, un culte au cœur,
Poussèrent en ouvrant leurs âmes fanatiques
    Le cri de : Vive l'empereur !
Sa gloire était complète, aussi ta honte, ô France !
    Ceux que tu délivras des rois ;
Ceux que tu fis grandir en richesse, en puissance,
    En brisant leurs liens étroits,
Venaient, tête inclinée, et tremblants de reprendre
    Le joug flétrissant du taureau ;
Ceux que ton cœur aimait de l'amour le plus tendre,
    Venaient de sacrer ton bourreau !
C'en était fait. Ton maître avait le droit infâme,
    De par leur vote d'agnelet,
De mutiler ton corps, d'empoisonner ton âme,
    De te coiffer d'un bourrelet !
Il était satisfait. Entrant dans la carrière,
    Il fit siffler un fouet d'airain ;
T'ayant comme attelage et traînant par derrière
    Tes fils, le Peuple souverain !

Le Peuple qui, front bas, dos tendu, hors d'haleine,
    N'étant plus qu'un Peuple conquis,
Suivait en trottïnant, en secouant sa chaîne,
    Comme la meute d'un Marquis!

C'est là que commença la sinistre odyssée
    De ton sultan né de la nuit.
Sur son char de triomphe il eut une pensée :
    Celle de ne penser qu'à lui !

Alors, pour assouvir et ses nerfs et son ventre
    Son appétit d'*Imperator*,
Il fit de ton domaine, ô ma Patrie ! un antre
    Où lui seul vivait libre et fort !
Puis, lâchant dans cet antre une meute savante
    De Basiles et de mouchards,
Comme Mandrin il fit, en semant l'épouvante,
    Tomber l'abondance en ses chars !
Tous tes enfants tremblaient. L'un apportait sa chèvre,
    L'autre son vin, l'autre ses liards,
Pour faire, hélas! monter les festins à sa lèvre
    Et sous ses pieds les milliards !
L'épargne maigrissait. Chacun offrait ses dîmes
    A cet ogre pour l'engraisser,
O France ! et de tes fils les dépouilles opimes
    Sous tes yeux venaient s'entasser !
Et tu le voyais, lui, prodiguer ces richesses
    Dans un geste de léopard,

Aux valets de son crime, à toutes les bassesses,
    En gardant la plus large part !
Cent mille francs par jour et des filles de joie
    Sous ses pas semaient le bonheur !
A tous les cœurs à vendre il donnait une proie,
    Puis aux Piétris la croix d'honneur !
Il se gorgeait avec ses bandes pourvoyeuses
    En te chassant, toi, du festin ;
Puis, il faisait chanter aux multitudes gueuses,
    Aux ventres creux, son ventre plein !

C'est alors qu'il rêvait dans les feux de l'orgie,
    L'épopée et ses grands combats !
Où ta veine, ô ma France ! hélas ! serait tarie,
    Mais où lui seul ne serait pas !
Pour orner d'un fleuron son diadème rose
    Tes flancs ont saigné dix-neuf ans !
Et pour asseoir ce nain dans une apothéose
    Par milliers sont morts tes enfants !
Pour dorer, ô douleur ! les forfaits de cet homme
    Ils ont défleuri leur printemps !
Du Mexique à Canton, de la Mer-Noire à Rome,
    Ils ont semé leurs ossements !

O France ! asseyons-nous aujourd'hui sur ta gerbe
    Puis, tous deux comptons un instant :
Pour faire d'un pirate un empereur superbe,
    Tes fils n'ont vécu qu'un moment !

Et toi, retiens ceci, tu dépensas, ô mère !
    *Quatorze mille* millions !
Tandis que tu mangeais, dérision amère !
    De l'herbe et portais des haillons !


Sur ces calamités tu versas bien des larmes,
    Mais funestes étaient tes pleurs !
Ton Tibère ombrageux condamnait tes alarmes :
    Tu n'avais pas droit aux douleurs !
Pour enchaîner ta plainte il enchaîna ta langue
    Dans le livre, dans le journal,
Aux rostres, au forum, partout où l'on harangue
    Les corps et l'âme en proie au mal !
Si la Foule au grand front à la lèvre indignée,
    Comme les roseaux de Midas,
Faisait redire aux vents ta vie infortunée
    Que chacun racontait tout bas,
Lui faisait assommer cette Foule houleuse
    Qui jette au roc son flot amer,
Par une légion stupide et ténébreuse !
    Fou, ce Xercès battait la mer !
Du savant Michelet il voilait le génie,
    Mettait Socrate à l'Agora,
Aux vaillants Scipions il ôtait la patrie,
    Et brûlait ce qu'il adora !
Puis, quand la main de fer de sa sotte fortune,
    Avait éteint toutes les voix,

Garrotté la pensée en la lettre importune,
    Lui, se dressait, et disait : « Vois!
» O vois! combien je t'aime, ô ma France fiévreuse!
    » Pour ne pas troubler tes douleurs,
» De tes nuits sans sommeil, de ta route épineuse,
    » J'ai chassé tes enfants pleureurs!
» Là, ma sollicitude, aux longs soupirs moroses,
    » Ne doit point borner ses effets.
» Ecoute! Il faut sur moi, France! que tu reposes
    » Pour savourer tous mes bienfaits!
» Fais jeûner ton esprit : trop de force l'irrite,
    » Coupe une aile à ta liberté;
» Donne-moi tous tes droits, et, par un plébiscite
    » Mets à mes pieds ta dignité!
» Pour que ton mal soit doux et jamais plus n'empire,
    » Vote sans peur que tu n'es rien!
» Vote que tu n'es plus qu'une ombre de l'Empire,
    » C'est-à-dire à peu près son chien!
» Quand de ta force enfin tu seras dépouillée
    » Je t'appuierai dans ton chemin;
» Quand tu seras soumise et bien agenouillée
    » Je te ferai baiser ma main ! »


C'est ainsi que ton maître après t'avoir flétrie
    Rapetissait ton vaste corps,
T'inondait du gros sel de sa basse ironie
    En mettant dans ta bouche un mors!

*Comédiante!* a dit un pape à longue vue
    A propos de Napoléon.
Ce pape qu'éclairait la lumière inconnue
    Dans l'arbre a vu le rejeton.
Quiconque en effet suit Bonaparte en sa race,
    Suit l'imposture qui grandit,
Et bientôt il arrive au jésuite Pancrace,
    Dit Napoléon le petit.
Mettant le bras un jour sur ta large omoplate
    Il jura de vivre en ta loi !
Ce disant, il tissait sa traînante écarlate
    Pour étouffer ton Peuple-roi !
Ce premier faux serment fut suivi de deux mille
    Que sa main jetait aux ruisseaux,
Comme une feuille morte, une feuille inutile,
    Après avoir trompé les sots !
C'est ainsi qu'il t'a dit, ce puissant hypocrite :
    « Tout pour le peuple et tout par lui »
O Pascal ! pour fouailler cet empire jésuite
    Que n'ai-je ton fouet aujourd'hui !
Tout pour le peuple, ô peuple ! et son poing paralyse
    Tes longs et pénibles efforts !
Il jette en ton esprit qu'il hait et stérilise
    La semence du champ des morts !
De l'humble instituteur qui doit enrichir l'âme,
    La faire croître en majesté ;
De ce prêtre portant au front la vive flamme
    Qui doit montrer la vérité,

Il fait un balayeur de chapelle, au village,
    Un sacriste, un chantre au lutrin,
Un aveugle, un muet, qu'il réduit en servage
    En le soumettant à la faim !
Tout pour le peuple, ô peuple ! Et toute la richesse
    Aux mains des grands tombent d'abord ;
Il dore le clergé, redore la noblesse,
    Toi, tu payes leurs toisons d'or !
Tout pour le peuple, ô peuple ! Et sa lance romaine
    A Mentana perce ton cœur !
Tout pour le peuple, dis-je ! Et dans l'ombre il te mène
    De chute en chute au déshonneur !
Tout pour le peuple encore, ô mensonges suprêmes !
    Ces humbles qu'il vient protéger,
Il les condamne, hélas ! les poussant sur eux-mêmes,
    Dans la rue à s'entr'égorger !
Il jette sous le feu l'ouvrier militaire
    Sur le militaire ouvrier ;
Le frère sur le frère et l'enfant sur le père ;
    Puis, rit, en soufflant le brasier !
Quand la loi sur la croix, front ceint d'une auréole,
    Meurt avec ses milliers de fils,
Ayant à leurs genoux la foule en pleurs et folle !
    Lui, crache sur ce crucifix !
Horreur ! ce Bas-Empire, écartant les suaires,
    Et triomphant comme un chacal,
Le pied sur ces monceaux d'enfants des mêmes mères,
    S'écrie avec un ton brutal :

— « Bah ! Condé disait vrai : mille hommes dans les fosses
    » Ce n'est qu'une nuit de Paris !
» Le peuple prolifique, à ses nouvelles noces,
    » Remplacera ces corps pourris ! ! ! »
Voilà, France martyre, ô géante ! ô déesse !
    Ce que le Bas-Empire a fait
De ton sang, de ton cœur, de ton Peuple en détresse,
    En t'attelant à son forfait !


Après avoir de toi fait son polichinelle
    Il t'ordonna de l'amuser !
— Maintenant, t'a-t-il dit, que je tiens la ficelle
    Je te permets de bien danser ! —
Tu dansas, en effet, mais la danse macabre,
    La danse sinistre des morts !
La danse du coursier qui sous l'ennui se cabre,
    En rongeant sa corde et son mors !
Il fit un piédestal de ta haute stature
    A tous ses vices odieux ;
Sur la scène du monde il te fit sa doublure
    Et sa servante sous les cieux !
Sur ton esprit, soleil des nations en route,
    Et cherchant d'autres régions,
Du noir obscurantisme il a jeté la voûte
    Afin d'étouffer tes rayons !
Il fit de ton génie aux ailes de lumière
    Un histrion des *Casinos;*

De tes mains qui portaient un monde et le tonnerre
    Il a fait ses porte-manteaux.
De toi, France, qui fis les Hoche et les La Hire
    Et les Bayard et les Desaix,
Il a fait, ah! pleurons! une France pour rire,
    En te mettant ses gantelets!
Ton âme était immense, il l'empoigne, il la rogne,
    L'annihile en passant dessus!
Et dit, comme le czar enterrant la Pologne :
    Ton bonheur, c'est de n'être plus!
Puis, pour bien couronner sa funeste équipée,
    D'un cœur vil et d'un *cœur léger*,
O France! il te livra tenant bas son épée,
    Aux mains sales de l'étranger!!!

# CAGOTIN

*Cagotin* est honnête : il n'aime point Voltaire,
Mais l'or est son idole et son prêtre est Macaire !
Pour engraisser son dieu qu'il a mis dans un sac
Il se grime en apôtre et fait bénir son frac,
Déguise en pélerin sa conscience lourde
Et va porter sa foi chez la Dame de Lourde !
Là, tuant sans pitié son cœur et sa raison,
De ces deux trépassés il chante l'oraison !
Aux humbles, ce roué que le grand jour effraie
Dit : — « La lumière pure, haute, éternelle et vraie,
» C'est un cierge d'un sou qui fond sous le soleil,
» Près d'une vierge en bois dont il brûle l'orteil ! »

Dans les processions où toujours il chemine,
D'un *mea culpa* lourd il frappe sa poitrine,
Au cantique enfantin il pend sa grosse voix
Et souvent d'un rosaire il embrasse la croix !
Le mutin écolier qui le suit dans la rue
Dit en riant tout haut : cet homme a la berlue !
N'en croyez rien. Il a, quoiqu'il soit peu savant,
Un plan habile et sûr qu'il poursuit en plein vent,
Et qui fera tomber, en dépit de gavroche,
Des fruits d'or et bénits tous les jours dans sa poche !

Le bon Crépin faisait de ses souliers un don,
Mais ce saint des souliers vendait cher le cordon ;
*Cagotin*, lui, fait mieux : sur son comptoir mystique,
Au bon frère Basile ou bien à sœur Monique,
Il vend non-seulement sa denrée au prix fort,
Mais il vend la ficelle, oh ! bien plus cher encor !
En jurant par la messe, en baisant sa relique
Devant les fronts baissés, ce Judas de boutique,
Fait du cœur de Jésus qui, pour lui saigne encor,
Un engrais pour ses champs, une poule aux œufs d'or !


Fidèle observateur de la loi de l'Eglise
Il jeûne par parole, afin qu'on le redise.
— « Notre faim est un ogre, il faut la désarmer,
» Pour la dompter, dit-il, chacun doit l'affamer.
» Voyez ! moi je combats ce monstre dans son antre ! »
— C'est vrai ! mais plus il jeûne et plus grossit son ventre.
Il a beau lui donner à ce ventre démon,
Du pâté canonique et du maigre saumon
Et du Bordeaux frappé dans un verre à rhubarbe,
Il le voit s'arrondir à son nez, à sa barbe !


*Cagotin* est habile : en vin il change l'eau.
Pour prouver ses vertus il leur met un grelot ;
En exhibant ainsi ses bulletins de grâces
Il obtient pour ses fils des sinécures grasses !

Chaque abbé le connaît. C'est un dévot fervent.
Sa chaise au fond des nefs, est toujours par devant.
« Les derniers seront tous les premiers dans mon temple, »
Dit le Christ, *Cagotin*, voulant qu'on le contemple,
Enjambe ce précepte, hélas ! peu de son goût !
Et, laissant son laquais sous les orgues, debout,
Il va jusques au chœur dans les places choisies,
Asseoir ses piétés et ses hypocrisies !

Quand de l'église il sort, c'est en baissant les yeux.
Il ne lève jamais la tête vers les cieux
Quand brille le soleil ; mais, quand paraît l'étoile,
Quand une belle nuit le couvre de son voile,
Il va, se dépouillant de son masque béni,
Et méditant en route un couplet de Parny,
Danser un cotillon au bal évangélique !
Là, du saint rejetant la pesante tunique,
Comme le cavalier du gai Décaméron,
Il offre en frissonnant à l'ardente Ninon
Son doigt mouillé d'eau sainte et son âme égarée,
Puis dans un baiser noie une autre foi jurée !
Plongeant *l'Agnus Dei*, les *Sanctus* du matin,
Dans des soupirs impurs et dans un broc de vin
Et se changeant dans l'ombre en faune aux pieds de chèvres
Il unit sa Ninon à Jésus sur ses lèvres !

Mais ce n'est rien pour lui. Le jour vient, et bientôt,
Du bon Vincent-de-Paul reprenant le manteau,

*Cagotin* redevient le béat, le saint homme
Qu'on encense à l'église et qu'on décore à Rome !
C'est que son zèle est large : il est l'affilié
De chaque confrérie ; et son genou plié
Sur le banc du pécheur ou la dalle du temple,
Pour l'ouaille hésitante est un fort bon exemple !
Puis *Cagotin* debout, c'est l'archange irrité !
Moins les ailes, c'est vrai, l'esprit et la beauté ;
Mais malheur au Français, au patriote libre
Qui veut des lois de France et non des lois du Tibre !
Malheur au cœur hardi qui, dans un vol sacré,
Jusques au Créateur monte sans un curé
Pour chercher la sagesse à sa source divine,
Et qui, l'ayant trouvée, en grandissant s'incline !
Malheur, trois fois malheur ! au républicain roi
Qui veut faire lui-même en sa maison la loi !
Pris d'un accès de haine implacable et dévote,
Et du pieux Veuillot vidant l'immonde hotte,
*Cagotin* jette au front de tous les fiers esprits
Sa bile et son écume et ses sermons aigris.
Pareil à ce limier noir, farouche héraldique,
Qui brandit dans sa gueule une flamme mystique,
Il montre sa mâchoire au profane moqueur,
Et lèche un pied de moine en hurlant au penseur !


*Cagotin* dans son coin vaut, lui seul, une armée !
Il porte entre ses dents une torche enflammée,

Déchire son prochain au nom des lois d'amour
Et nie effrontément la lumière en plein jour !
Puis, comme il pense à lui, pour couronner ses œuvres,
Rampant, changeant de peau, comme font les couleuvres,
Il vend en jargonant des impudents : Je crois !
Tous les baisers qu'il donne au Sauveur sur sa croix !

# SÉDANTAIRE

*Sédantaire* est craintif et tremble comme un faon ;
Pour marcher il lui faut un bourrelet d'enfant :
C'est un mouton tondu du troupeau Bonaparte.
A tâtons dans son ombre ayant perdu la carte,
Depuis qu'un dogue fauve, hélas ! plus ne le mord,
Il bêle le secours de son empereur mort !
Front bas, il va chercher sur les bancs d'une école,
Un sauveur dans un œuf que couve une Espagnole,
Sans savoir si cet œuf, qui le remplit d'amour,
Sera merle ou hibou, dindon, aigle ou vautour !

Qu'il reprenne un licou, donc, cet ennuque pâle
Qui n'a pas dans sa veine assez de sang de mâle
Pour vivre en homme libre et maître de son sort,
Et qui, quand on le vole, en un coin fait le mort !
Qu'on lui donne une robe à ce nègre sans âme
Qui n'a pas même au cœur un courage de femme,
Et veut dans son chemin qu'un enfant empereur
Le tienne par le bras pour n'avoir point trop peur !

# VERRÈS

---

*Verrès* d'un grand-vizir est l'habile comparse.
Caméléon brodé, bleu, blanc, selon la farce,
Il change chaque jour et de cœur et de peau,
Et se fait un habit avec chaque drapeau.
Ecoutez ! A son front jauni par l'insomnie,
Il demande s'il doit aller vers Eugénie,
Vers Henry cinq ou bien vers l'autre prétendant.
Perplexe entre les trois, son ventre ruminant,
Attend farouche et vil, que quelque chose monte,
Tout prêt à saluer, pourvu qu'il mange, ô honte !
Comme l'âne affamé du docte Buridan,
La mort de la patrie, ou Coblentz, ou Sedan !


Semblable au chartier ivre et crispé sur sa mule,
Sans perdre sa monture en tous sens il ondule ;
Et, si parfois il glisse, il dit, alors : voyez !
Je suis adroit. Toujours je tombe sur mes pieds !


A ce grand qui la blesse en vain la France objecte,
Qu'il lui faut des cœurs purs et non une âme abjecte,

Pour la représenter auprès du Peuple-roi ;
Et que ce n'est point l'homme impudent et sans foi
Qui tiendra bien sa caisse, étanchera ses larmes,
Lui rendra sa vigueur, sa richesse et ses charmes !
*Verrès*, cynique et froid, répond d'un air vainqueur :
— « O belle aux larmes d'or ! que j'aime ta douleur !
» Vois-tu pas que je vis de tes longues tortures
» Comme les mendiants vivent de leurs blessures ! »

# LE DROIT DIVIN DU ROY HENRY

En un coin de l'Autriche et d'une forêt noire,
On voit un grand palais, des étangs, où vont boire
Les étiques chevaux des fils des émigrés,
Un parc où des seigneurs, humbles et dédorés,
Se mêlent, front pensif et l'âme désolée,
Aux paons gonflés d'orgueil sous leur robe étoilée.
Ce palais, cet Eden aux odorants massifs,
Aux bois dont les cheveux cachent des daims lascifs,
Est noir. Comme le Limbe et l'Elysée antiques
Le passé l'a peuplé d'ombres mélancoliques ;
Le pleureur Jérémie exhale dans ce lieu
Ses lamentations et son murmure à Dieu !
Sans cesse, un monde ayant châteaux, glaives ou crosses,
Vient y faire descendre, en vidant ses carosses,
Tous ses orgueils déchus, ses ennuis blasonnés,
Au milieu des valets poudrés et galonnés,
Qui, sous leurs habits verts et dans leurs bas de soie,
Seuls, ô destins moqueurs ! ici goûtent la joie !
Ces ombres et ce monde à l'œil morne et vitreux,
Viennent de s'incliner. Comme Vulcain boîteux,

Un Dieu vient d'apparaître au-dessus de leurs nuques !
C'est l'héritier, dit-on, des royales perruques
Du roi-soleil défunt. Simples sont ses habits :
Il porte un veston court sur lequel pleure un lys;
Au cou la toison d'or. Sur son torse qui plie
Il ne veut point jeter la lourde panoplie
De Charlemagne. Blême et mesurant ses pas,
Lentement il s'avance, aussi triste qu'un glas,
Et plus mystique encor qu'un mystique grimoire !
Il s'assied doucement sous un grand dais de moire.
Il parle. Ecoutons-bien ! — « Je suis de Dieu le bras;
» Je suis son lieutenant. Tous les biens, ici-bas,
» Sont mes propriétés, et, de par mes ancêtres,
» La femme m'appartient, à moi sont tous les êtres!
» Je suis un tout-puissant. L'heureux roi Charles Deux,
» Proclamait chevalier la chair tendre des bœufs,
» Caligula, plus fort, faisait consul ou sire
» Son cheval. Moi je fais avec un peu de cire
» Et quelques vieilles peaux de moutons morts caducs
» Des comtes, des barons, des marquis et des ducs !
» Grande est ma mission. Comme à Pépin, saint Pierre,
» M'adresse une missive écrite tout entière
» Avec ses pleurs au ciel. En voici quelques mots :
« La France est aux abois. Pour conjurer ses maux,
» Fais que sous le cilice à ta voix elle prie
» Et se fasse soldat de la vierge Marie !
» Sinon, songes-y bien, déjà s'ouvre le ciel
» Pour verser sur l'ingrate une coupe de fiel ! »

O mes nobles amis! à cet appel suprême,
J'ai pris... mes gants musqués, j'ai ceint... le diadème
Et, sous ce bonnet d'or un peu lourd à mon front,
Je viens vous demander un secours large et prompt.
Il faut sauver la France à nos âmes rebelle.
N'êtes-vous pas, messieurs, las de vivre sans elle?

Hamlet, un prince, a dit en l'an quatorze cents:
— Les rois brillaient alors — « Hors des gonds est le
[temps! »
Malgré ma Providence et celle aussi des Pies,
Ce temps n'est point changé. Toujours mêmes folies!
Le Peuple émancipé quitte son cabanon.
Ce troupeau qui jadis n'avait pas même un nom,
A la voix la plus haute à cette heure au chapitre!
Que dis-je? De la France il est le seul arbitre!
Après avoir sacré Murat, un vagabond,
Il se sacre lui-même. Il couronne son front
De liberté, d'aisance, et d'autre chose encore.
Ainsi que Mahomet piquant son sycomore,
Il rêve un paradis dont il sera le Dieu!
Il insulte à mon trône, ah! c'est là l'odieux!
Et dit: ce sont quatre ais que j'extrais de la boue:
Enfant, je les assemble, homme, je les décloue!
Du mystère héraldique il voit que les écus
Et compare mon sceptre au thyrse de Bacchus!
Les rois il les défait. Pour lui c'est une épave
Qu'il jette sur le sable et qu'en riant il brave!

Il ne me connaît point. Ma noblesse pour lui
N'est plus qu'un astre éteint; elle marche aujourd'hui
Comme un vilain, à pied, sans cape et sans semelle !

La mesure est comblée !... Il est temps d'ouvrir l'aile !
Fouettons nos flancs; ceignons nos reins ! nouveaux croisés
A l'appel : *Dieu le veut* ! allons, obéissez !

L'ordre meurt d'anémie au fond de nos provinces !
La France est au danger ; elle appelle ses princes !
Les progrès grandissants, l'austère vérité,
De mes serfs affranchis la souveraineté,
Les droits de l'homme enfin, comme l'or sont chimères !
Cassons-leur sur le dos leurs faisceaux consulaires !
Un illustre prélat, l'aigle de Meaux, messieurs,
Mettait les libertés aux pieds de vos aïeux !
Faisons mieux, nous, encore ; emmaillottons ces filles,
Puisque nous n'avons plus les gibets, les Bastilles,
Qu'elles ont démolis ! Qu'on sache que la loi
Est mon humble servante, et que l'État c'est moi !
Comme le diable Eblis, sur les entrailles vides
Du peuple libre et fier, du peuple errant sans brides,
J'ai le droit de frapper, de dire c'est à moi !
Le reste est au curé qui règne par la foi.
A ce peuple électeur jetons notre livrée !
Qu'il redevienne vite en notre main sacrée,
Le bon peuple en sabots qui mourait autrefois
Sans murmure et sans pain pour le pape et les rois !

Et qui se contentait, ci-bas, pour notre gloire,
D'un paradis promis, d'un jouet à la foire !
Rappelons aux vilains qui labourent nos champs
Ces mots que l'Ecriture enseigne aux paysans :
« Vous creuserez le sol, vous sèmerez sans cesse,
» Le roi récoltera, car il est une Altesse !
» Vous êtes des agneaux et lui, c'est le lion ! »
Si cet ordre fait naître une Rébellion,
Que cette Révoltée apprenne que le Russe
A le knout ; que la schlague est aux mains de la Prusse,
Et que moi je saurai dans mes vieux arsenaux
Retrouver l'étouffeur des bêlements d'agneaux !

Donc tout est bien compris, ô vaillante noblesse !
Nous allons dépouiller nos manteaux de mollesse
Et courir sus enfin aux révoltes d'esprit !
Puis ressusciter l'Ordre en faisant un grand bruit!

Quand tout sera fini ; quand les immenses foules
Viendront nous apporter humblement et sans houles,
Et le pain et le sel de la soumission,
Alors, apparaissant comme une vision
A la France éblouie et pleine d'allégresse,
Je lui dirai: Ma mie, ô ma belle maîtresse !
Reviens vite à ton maître, à ton prince, à ton roi !
Tu ne dois point, vois-tu, vivre heureuse sans moi !
Viens que je mette, ô Reine ! à ton cou de colombe !
Un chapelet d'obus alternés à la bombe !

Pour qu'en montant la garde, ô France! au Vatican,
Tu sois aux mains du pape une foudre, un volcan !
Viens! après nous irons, car je suis un saint homme,
Adorer les souliers de ce bon Père à Rome !
Viens sur mon sein vainqueur, viens sur mon front sacré,
Je suis anachorète et te respecterai!
Sage comme Abeilard, comme Sara stérile,
Dans les œuvres de chair je ne suis point habile.
Au lieu d'enfants criards, nous aurons des laquais
Chassant les importuns de l'ombre de nos dais.
Exempts de soins alors, nous vivrons sans familles
Et surtout hors du Peuple aux farouches guenilles;
Au lieu de le vêtir, nous ferons tous les soirs,
Toi des robes de moine et moi des reposoirs;
Au lieu de protéger ce gueux qui fait des Hoches
Tu seras la marraine et moi parrain des cloches!
Au lieu de voir grandir ce Peuple sous nos yeux,
Nous aurons à nos pieds mille bouffons joyeux,
Des hallalis qu'emporte un cheval qui s'effare
Et des chiens aboyant autour d'une fanfare!
Avec les sous du pauvre, avec peine gagnés,
Nous ferons large aumône à nos riches bien nés!
Au lieu de rassembler sous nos mains toujours pleines,
Comme Jésus, un fou, les misères humaines,
En d'éternels galas, parmi les chants, les fleurs,
Nous ferons affluer aux lèvres des flatteurs
Les plats d'or toujours pleins de jeunes chairs fumantes,
Les vins les plus exquis, les coupes écumantes,

Jusqu'à ce que chaque hôte, œil éteint, demi-clos,
Et le gosier rempli, soit noyé dans ces flots !
Pour qu'un Etat soit fort, j'en jure par saint George,
Il faut qu'en bas on jeûne et qu'en haut on se gorge !
Dans ses Louvres il faut que le Pouvoir royal
Bâffre au profit des gueux, comme disait Arnal ;
Il faut pour leur bonheur que j'excelle à bien vivre !
Quand Auguste buvait, la Pologne était ivre !

Voilà mes chers amis, ce que mon cœur loyal
A la France dira...
                    Maintenant à cheval !

# UN FILS, LE JOUR DE LA FÊTE DE SA MÈRE

## I

Que ton âme aujourd'hui, mère, soit satisfaite!
Ton enfant radieux, pour célébrer ta fête,
  T'apporte tout son cœur!
L'ouvrant comme un album plein de ta douce image,
Je le mets sous tes yeux. C'est un pieux hommage
  Qui vaut mieux qu'une fleur!

Considère-le bien. Dans ce cœur où tout chante,
Tu verras, pour ta gloire, une histoire touchante
  Que toi-même inspiras,
Un jour que je lisais dans la Bible que j'aime
Ce doux commandement fait, dit-on, par Dieu même :
  « Ta mère honoreras! »

## II

Ecoute! En mon enfance innocente et dorée,
Un soir que mon esprit montait vers l'empyrée,
  J'entendis une voix
Qui me dit, en semblant descendre des étoiles:
« — Si tu veux que du ciel j'ouvre pour toi les voiles,
  » Espère, prie et crois! »

» Espère et tu verras, pour toi, la Providence
» De sa robe étoilée épancher l'abondance :
    » Des fruits, des fleurs, des vins,
» Et l'ange aux ailes d'or, qui sur toi toujours veille,
» Se pencher doucement pour emplir ton oreille
    » D'enseignements divins !

» Prie et crois, tu verras, sur la nue empourprée,
» Ces esprits, rayonnant de lumière sacrée,
    » Te prendre par la main,
» Et des sources de joie et des biens de la vie,
» Sur la montagne sainte, à ton âme ravie
    » Indiquer le chemin !  »

### III

— Telle qu'une ineffable et divine caresse,
Ce discours me remplit d'une pieuse ivresse
    Qui mit ma raison hors de moi !
Et je disais à Dieu : Toi, qui fais mes délices !
Montre-moi la Madone et l'archange propices
    Qu'adore en ce moment ma foi !

Je veux vivre par Lui, m'identifier en Elle,
Les toucher un instant, fût-ce au bout de leur aile,
    Au bout de leur céleste orteil !
Comme le papillon que les flammes attire
Laisse-moi m'élancer vers eux jusqu'au martyre,
    Et me brûler à leur soleil !

## IV

Hélas! ma main vers toi vainement s'est tendue!
Ma prière, ô Seigneur! ne fut point entendue,
    Et tu la changeas en douleurs!
Rien ne vint dilater mes pesantes paupières,
Je ne vis rien, oh! rien... que des anges de pierres
    Muets et froids devant mes pleurs!

Alors le Doute chauve, ironique et profane,
Qui pique toutes fleurs célestes et les fane,
    Vint me trouver et me parla.
J'écoutai. Puis soudain, ma pieuse pensée
Par toi que j'invoquais se croyant délaissée,
    Avec le Doute s'envola!

## V

Bientôt j'eus peur de moi. Comme un foyer sans flamme,
Je sentais que la vie avait quitté mon âme,
Et que cette âme errait dans la nuit des hibous!
Le remords me suivait dans ma folle équipée,
Et, sentant d'Israël la flamboyante épée,
En priant je tombai sur la terre à genoux!

Seigneur! tu vis ma chute ! Et, du sein des lumières,
Tu vins me relever dans mes saintes poussières,
Où mes doutes étaient comme Job aux abois!

Et j'entendis ta voix immuable et profonde,
Celle que j'ai connue en mon enfance blonde
En te cherchant dans l'ombre innocente, autrefois !

Et tu me fis bien haut, pour qu'il servit d'exemple ,
Un sermon non pareil à ceux qu'on fait au temple ;
Car pour tous il est même, en tous temps, en tous lieux.
Longtemps tu me parlas. Puis, ton verbe sonore
S'éloigna lentement en répétant encore,
Comme un écho sans fin, ces mots délicieux :


— » Faite pour les humains, ma morale est humaine ;
» Faite pour être aimée, on l'observe sans peine,
» Et sans monter aux cieux chacun la trouve en soi.
» Cherche-la donc, enfant, sur terre où tu m'appelles ;
» Ange, c'est pour cela que j'ai coupé tes ailes,
» Et que j'ai descendu mon soleil jusqu'à toi !

» Mais aussi fuis le Doute, échappe à ses étreintes ;
» Car les clartés du cœur que ses mains ont éteintes,
» Sont des astres tombés de mon front radieux !
» C'est le Doute, vois-tu, qui, dans ton hébétude,
» A changé ta foi simple en froide ingratitude,
» C'est lui qui sur mes lois avait fermé tes yeux !

» La Providence, enfant, sur ta route est venue,
» Mais tes ans étourdis ne l'ont pas reconnue :
» Elle ne vint à toi, las ! que pour s'y blesser !

» Elle veilla longtemps au chevet de ta couche,
» En versant sur ton front les trésors de sa bouche,
» Et tu n'as point senti son suave baiser !
» Elle fût ici-bas, après t'avoir fait naître,
» L'étoile de ton âme et la fleur de ton être,
» Et tu n'as point compris d'où venaient tes attraits !
» De grâce et de tendresse elle inonda ta vie,
» Mais ton enfance ingrate et jamais assouvie
» Ne sut d'où vient le miel que tu bois à longs traits !

» Regarde-donc, enfin ! Regarde en ta demeure,
» Ajouta l'Eternel, tu verras à toute heure
» Celle que tu cherchas tant de fois vainement
» Sur les nuages d'or, dans le bleu firmament ;
» Car l'archange qui t'aime et pardonne et console,
» L'archange en qui j'ai mis ma divine parole,
» L'archange qui, gratis, te donne tous les jours
» Sans se lasser jamais des biens nouveaux toujours ;
» Car cette Providence aux mains sans cesse pleines,
» Et qui pleurante, met des ailes à tes peines,
» Celle qui te bénit et ne vit que pour toi,
» Celle qui de son sang te nourrit comme moi,
» Celle qui change en lait, enfant, la plante amère
» Est là, tout près de toi. Regarde ! *C'est ta mère !* »

Angers. — Imp. du Commerce, L. HUDON.

www.ingramcontent.com/pod-product-compliance
Lightning Source LLC
Chambersburg PA
CBHW061701180626
46818CB00003B/1202